CARROUSEL
PETIT ROMAN

Dominique et compagnie

De la même auteure

COLLECTION CARROUSEL

12
Gertrude est super!
17
Croque-cailloux
26
Le génie du lavabo
40
Croquette a disparu

Collection conçue et
dirigée par
YVON BROCHU

CAROLE TREMBLAY

CROQUETTE A DISPARU

Illustrations
DANIEL DUMONT

Données de catalogage avant publication (Canada)

Tremblay, Carole, 1959-
Croquette a disparu
(Carrousel: 40)
Pour les jeunes de 6 ans et plus.

ISBN 2-89512-081-1

I. Dumont, Daniel. II. Titre. III. Collection.

PS8589.R394C77 1999   jC843'.54   C99-940035-5
PS9589.R394C77 1999
PZ23.T73Cr 1999

ISBN: 2-89512-081-1   Imprimé au Canada

Direction de la collection: Yvon Brochu, R-D création enr.
Éditrice: Dominique Payette
Conception graphique de la collection: Pol Turgeon
Graphisme: Diane Primeau
Conseillère: Thérèse Leblanc, enseignante
Correction-révision: Martine Latulippe

10 9 8 7 6 5 4 3 2

Dominique et compagnie
Une division des éditions Héritage
300, rue Arran, Saint-Lambert (Québec) J4R 1K5
Téléphone: (514) 875-0327
Télécopieur: (450) 672-5448
Courriel: info@editionsheritage.com

Nous remercions le Conseil des Arts du Canada de l'aide
accordée à notre programme de publication, ainsi que la SODEC
et le ministère du Patrimoine canadien.

CHAPITRE 1
DRÔLE D'APPEL TÉLÉPHONIQUE

Madame Lalune est en train de réparer le grille-pain. Tout à coup, le téléphone sonne. Elle sursaute tellement que son tournevis fait un double saut périlleux dans les airs. Après sa petite acrobatie, l'outil retombe dans le plat de fruits.

—Allô! fait madame Lalune, la main sur son cœur.

—Bip! Troum! Blog!

Elle regarde le récepteur

quelques secondes, fronce les sourcils. Elle approche de nouveau l'appareil de son oreille.

—Bip! Troum! Blog!

Madame Lalune s'éclaircit la voix.

—Samson, ce n'est pas bien de faire des blagues au téléphone.

Au moment où elle va raccrocher, Samson franchit la porte.

—À qui parles-tu, maman?

—Mais à toi, mon grand!

—Tu me parles au téléphone?

Le garçon attrape une banane dans le plat de fruits posé sur la table. Au passage, il remarque le tournevis planté dans une pomme.

Samson ne s'étonne même pas. Il a l'habitude, avec sa mère. C'est que madame Lalune est plutôt distraite. Il arrive qu'elle inonde le plancher du salon en arrosant ses plantes tellement elle est occupée à leur parler. Elle range parfois les linges à vaisselle dans le congélateur plutôt que dans le tiroir du buffet. Sans compter toutes les histoires qu'elle invente aussitôt qu'elle perd quelque chose.

Lentement, Samson se met à manger sa banane. Madame Lalune regarde le bout de ses pantoufles d'un air perplexe.

– Heu… Ce n'est pas toi qui…

–Qui quoi?

Madame Lalune reprend l'appareil d'un geste énergique.

–Allô! Qui parle, s'il vous plaît?

–Bip! Troum! Blog! entend-elle à l'autre bout du fil.

–Ce doit être un de tes amis qui parle la bouche pleine. Je

ne comprends rien du tout.

– Passe-le-moi, alors!

Samson prend le combiné et écoute à son tour.

–Bip! Troum! Blog!

–Demande-lui d'avaler avant de parler, recommande madame Lalune.

Puis, elle se met à la recherche de son tournevis. Il ne lui faut pas longtemps pour le retrouver planté au cœur de la pomme. Elle l'essuie sur son grand tablier.

Soudain, le garçon pose le téléphone contre sa poitrine.

–Maman, on dirait le croque-cailloux.

– Le co… le ca… le cro…

Dans son énervement, madame Lalune lance de nouveau le tournevis dans les airs.

–Le croque-cailloux! finit-elle par articuler. Pas mon adorable petit! Et je ne l'ai même pas reconnu. Quelle étourdie! Passe-le-moi.

Samson lui tend l'appareil.

–Croqui! Mon chou! lance la mère de Samson d'une voix émue.

Pendant ce temps, le tournevis retombe dans l'évier.

–Où es-tu? Que fais-tu? As-tu faim? As-tu froid? Veux-tu que j'aille te chercher?

Samson lève les yeux au ciel en souriant. Sa mère est un vrai moulin à paroles.

Le garçon lui dit doucement:

–Maman! Il faut que tu lui laisses le temps de parler si tu veux qu'il te réponde!

Samson avale sa dernière bouchée de banane. Il se demande s'ils vont bientôt revoir leur petit ami.

Le croque-cailloux est un petit monstre vert à trois yeux. Samson et sa maman l'ont connu l'année précédente. Il s'était échappé d'une cassette vidéo sans le faire exprès. Il était très malheureux tout seul et avait très hâte de revoir sa famille et ses amis. Ça avait été toute une histoire pour le retourner dans son film.

—Qu'est-ce qu'il dit, maman?

Madame Lalune ouvre les yeux encore plus grands. Son visage s'allonge. Elle raccroche.

—Zut! La ligne a été coupée.

Madame Lalune se laisse tomber sur une chaise. Elle a l'air soucieuse. Samson s'approche de sa mère et enroule une mèche de ses cheveux autour de ses doigts. D'habitude, cette petite caresse la calme.

—Mais qu'est-ce qu'il t'a dit, Croque-Cailloux, ma petite

maman? Tu as bien dû comprendre un ou deux mots...

Madame Lalune se mord l'intérieur de la joue. Chez elle, c'est le signe d'une intense réflexion.

–Troum plob ou troum blom? se demande-t-elle. À moins que ce ne soit blop?

–Oui, mais qu'est-ce que ça change, plob ou blob? veut savoir le garçon.

Sa mère ne répond pas. Elle est trop préoccupée.

–Si au moins je savais d'où il a appelé.

Elle se lève brusquement.

Par malheur, Samson a tou-
jours le doigt
entortillé dans
la mèche de
cheveux de sa
mère. Il la suit
donc, l'index coincé dans une
mèche brune. Madame Lalune
commence à faire les cent
pas. Samson trottine derrière
elle. Elle s'arrête pour réfléchir
devant la fenêtre. Samson en
profite pour désentortiller son
doigt.

—Ploum plob veut dire mourir,
annonce madame Lalune d'un
ton lugubre.

—Et ploum plom? s'inquiète
son fils.

—Pâté chinois.

—Je ne vois pas pourquoi il t'appellerait pour te parler de pâté chinois!

—Peut-être veut-il ma recette? Samson fait la moue.

—Ça m'étonnerait. Les habitants de sa planète ne mangent que des cailloux. Ce n'est pas pour rien qu'ils s'appellent les croque-cailloux!

—À moins que ce ne soit drop! bondit madame Lalune. Ah oui! drop! Ce serait merveilleux!

Elle joint ses mains. Elle les glisse sous son menton. Ses cils battent en chœur comme les ailes d'un papillon.

– Ça voudrait dire qu'il est amoureux. Peut-être qu'il veut nous annoncer son mariage! Mon Dieu! Mais quelle robe vais-je porter s'il nous invite?

Le téléphone sonne de nouveau. Madame Lalune répond en vitesse:

– Allô!

Elle se tourne vers son fils.

– C'est lui!

Samson lui tapote le bras pour la calmer un peu.

– Alors? continue madame Lalune dans le récepteur. Tu es mort, tu te maries ou tu veux ma recette de pâté chinois?

—Troum glop, répond le petit croque-cailloux.

—Gl... gl... glop? bégaye madame Lalune.

Elle a l'air catastrophée. On dirait qu'on vient de lui annoncer la fin du monde.

—Qu'est-ce qu'il dit? demande Samson.

Madame Lalune fait signe à son fils d'attendre une minute. Elle fronce les sourcils. Elle se mord l'intérieur de la joue et lance d'un ton décidé:

—D'accord, on te rejoint là-bas.

Là-dessus, elle dépose le récepteur dans le plat de fruits.

CHAPITRE 2
HOU-HOU! CROQUE-CAILLOUX!

amson court derrière sa mère.

—Mais où va-t-on?

Madame Lalune marche à grands pas sur le boulevard. Elle porte toujours son tablier et ses pantoufles.

—Au centre commercial, mon chou!

Madame Lalune explique alors à Samson ce que le croque-caillou lui a révélé. Un monstre de la tribu des Pétards à trompes est venu kidnapper Croquette, son amoureuse.

– La tribu des Pétards à trompes? s'étonne Samson. Comme dans le film *La galaxie des Pétards à trompes?*

– Exactement, continue madame Lalune. Imagine-toi que ce vilain personnage a fait sortir la belle Croquette de sa cassette vidéo. Il veut l'emmener vivre avec lui dans la sienne. Croque-Cailloux est

persuadé que Croquette n'est pas amoureuse de ce monstre. Il pense que cet être horrible la retient prisonnière.

– Comment faire pour la sauver?

–Pour le moment, je n'en ai aucune idée, mon chéri. Mais je vais trouver. Compte sur moi.

Quelques minutes plus tard, Samson et sa mère arrivent au centre commercial. Madame

Lalune entraîne Samson vers Mégacourse, le plus grand magasin de la région. Ils foncent vers le rayon des disques et des cassettes vidéo. L'endroit idéal pour trouver le croque-cailloux.

Aussitôt arrivé, Samson commence à le chercher. Madame Lalune, elle, se plante devant le présentoir des films vidéo et tousse discrètement. Puis, après avoir regardé à droite et à gauche, elle souffle un timide:

—Croque-Cailloux?

Aucune réponse. La maman de Samson hausse un peu la voix.

–Croque-Cailloux?

Finalement, elle crie presque:

–Croque-Cailloux!

–Je peux vous aider, madame? lui demande un vendeur.

Madame Lalune sursaute.

–Oui. Non. Peut-être. Enfin… Oui. Je…

Le vendeur regarde le tablier de madame Lalune. Puis, ses pantoufles. Madame Lalune se sent rougir jusqu'à la racine des cheveux. Elle déplace une mèche qui couvrait son œil gauche, puis déclare:

– Je cherche mon fils.

– Il s'appelle Croque-Cailloux? s'étonne le vendeur.

– Non, euh… Je veux dire oui. C'est son surnom. Ah! tiens, justement il est là!

Samson scrute le dessous des comptoirs à quatre pattes.

–Allez, viens, Croque chéri, on rentre à la maison maintenant.

Le vendeur regarde Samson et sa mère s'éloigner. Il se dit qu'il ferait peut-être mieux de raccompagner cette famille de cinglés jusqu'à la sortie.

–Maman...; puisque je te dis qu'il nous suit.

–Mais non, voyons donc, Samson! Les vendeurs ne suivent pas les clients dans les magasins.

Madame Lalune hausse les épaules. Elle continue à faire semblant de regarder les différents réfrigérateurs. Pourtant, Samson est sûr de ce qu'il dit. Le vendeur a pris l'escalier roulant juste derrière eux. Il s'est faufilé dans le rayon des électroménagers à leur suite.

– Croque-Cailloux? appelle toujours madame Lalune.

Elle ouvre et ferme la porte de chacune des cuisinières électriques.

–Hou-hou! Croque-Cailloux!

Elle et Samson traversent le rayon de la vaisselle. Puis, celui de la literie. Samson jette un coup d'œil derrière lui.

– Le vendeur nous suit toujours, souffle Samson à sa maman. Il essaie de se cacher derrière une étagère de cafetières. Mais je l'ai vu.

—Il veut jouer au plus malin?
Eh bien, il va voir.

Avant même d'avoir fini sa
phrase, madame Lalune part
au pas de course, tirant
Samson par la main. Elle
tourne à droite dans la rangée
des oreillers, puis à gauche
dans celle des édredons, puis
de nouveau à gauche dans

celle des rideaux de douche.
Ils contournent au grand galop
un étalage de savons en solde
pour aller s'écrouler au pied
d'un lit à baldaquin. Madame
Lalune pousse son fils sous le
lit.

— Il ne viendra jamais nous
chercher jusque-là! triomphe-
t-elle.

Samson regarde sa mère. Elle est couchée sur le dos et se mord l'intérieur de la joue. Il demande à voix basse:

—Qu'est-ce qu'on fait, maintenant?

—On attend que le magasin ferme, chuchote madame Lalune.

Samson consulte sa montre. Il est cinq heures du soir. Ils en ont encore pour une heure. Ça risque d'être long.

CHAPITRE 3
RETROUVAILLES À LA CAISSE NUMÉRO 3

 **À** six heures, Samson réveille sa mère.

—Tu veux ton petit déjeuner tout de suite ou tu prends ta douche avant? demande madame Lalune, encore tout endormie.

—Nous ne sommes pas à la maison, maman. Nous sommes au Mégacourse, à la recherche du croque-cailloux.

—Mais… qu'est-ce que tu racontes?

Madame Lalune veut se redresser, mais sa tête heurte le sommier du lit. Elle retombe aussi sec.

—Aïe! Je crois que tu as raison, mon chéri.

Samson se glisse hors de sa cachette. Les lumières sont presque toutes éteintes. Un silence étrange règne dans le magasin.

Madame Lalune sort à son tour.

—Bon. On n'a pas une minute à perdre, dit Samson. Il faut retourner au rayon des vidéocassettes. C'est sûrement là que le croque-cailloux se cache.

—C'est aussi mon avis, déclare madame Lalune.

Mais le garçon et sa maman ont beau faire trois fois le tour du rayon, le croque-cailloux demeure introuvable.

—Il n'y a qu'une solution, décide madame Lalune.

—Laquelle? demande Samson.

—Attends-moi ici et, surtout, ne bouge pas. Promis?

Samson promet.

—Tu n'as pas peur? s'inquiète sa mère.

—Bien sûr que non, lance le garçon.

Mais il n'est pas du tout rassuré à l'idée de rester seul dans le magasin.

—Ce ne sera pas long, promet madame Lalune.

Elle s'enfonce d'un pas vif dans l'obscurité de l'étage. Quelques minutes plus tard, la voix de madame Lalune retentit dans les haut-parleurs du magasin:

—Le croque-cailloux est prié de se présenter à la caisse

numéro 3, au rayon des vidéo-cassettes. Je répète: caisse numéro 3. Ce message s'adresse au croque-cailloux.

Avant même que madame Lalune soit revenue, une flaque verte apparaît sur le comptoir de la caisse numéro 3. En un instant, le liquide prend la forme d'un petit bonhomme.

– Croque-Cailloux! s'écrie Samson. Enfin, on te retrouve!

– Croque-Cailloux! répète en écho sa mère, qui arrive en

courant. Ce n'est pas trop tôt!

– Brip! Trom! Bloup! chantonne le petit être verdâtre.

Puis, un BOUM! retentit de l'autre côté du rayon des disques. Samson court voir ce qui s'y passe. C'est le vendeur qui vient de s'évanouir.

Madame Lalune juge que la disparition de Croquette est un problème plus urgent que l'évanouissement du vendeur. Elle laisse le pauvre homme

inconscient et s'adresse à Croque-Cailloux:

– Sais-tu au moins dans quelle cassette se trouve ta belle amoureuse?

– Trol! Nium! répond le croque-cailloux, tout triste.

–Non?!

Samson prend une pile de vidéocassettes dans le présentoir.

–On va devoir les regarder les unes après les autres.

–Mais ça va nous prendre toute la nuit! se désespère madame Lalune.

–Flum! Trib! Zoub! suggère le croque-cailloux.

–Mais oui! C'est génial! exulte madame Lalune.

Samson regarde sa mère d'un air perplexe.

–Qu'est-ce qu'il dit?

–Il dit qu'on devrait utiliser plusieurs magnétoscopes et plusieurs téléviseurs à la fois. Ce n'est pas compliqué, le magasin en est plein.

–Ouais! Super idée! approuve Samson.

Samson, madame Lalune et le petit croque-cailloux branchent une douzaine de magnétoscopes sur une douzaine de téléviseurs. Ils les placent les uns à côté des autres. Puis, le garçon et sa maman se dirigent vers le rayon des meubles de salon. À l'aide d'un gros chariot, ils ramènent trois fauteuils qu'ils disposent devant la rangée de télés. Le croque-cailloux et ses amis s'installent confortablement, chacun dans un fauteuil, quatre télécommandes sur les genoux.

– Un, deux, trois, partez! lance madame Lalune avant d'ouvrir ses quatre téléviseurs.

– Un, deux, trois, partez! répète Samson, en faisant fonctionner ses quatre magnétoscopes.

– Sip! Toul! Douv! Seb! fait le petit croque-cailloux, le doigt sur les boutons de la télécommande.

Les trois amis sont tellement concentrés sur leur mission qu'ils n'entendent pas l'étrange bruit qui se rapproche.

– Shhhhh! Shhhhh!

CHAPITRE 4
AU BAL DU PRINCE

Le vendeur, qui a fini par revenir à lui, avance en rampant entre deux rangées de disques compacts. Le petit bonhomme vert lui fait atrocement peur. Mais la curiosité du vendeur est plus forte que sa terreur. Il veut savoir ce que trafiquent Samson et sa mère. Il se traîne sur le sol poussiéreux.

—Shhhhh! Shhhhh!

Ce qu'il voit le surprend:

trois fauteuils devant douze téléviseurs diffusant douze films. Il reste là, à plat ventre, à se demander comment il pourrait appeler à l'aide. Tout à coup, il voit une chose incroyable sur le dernier écran. Au milieu du film *Cendrillon*, une espèce de monstre à trois trompes entre dans la salle de bal. Il tire par la main un petit être vert, pareil à celui que le vendeur a vu plus tôt dans le magasin.

—Que font ces bestioles au bal du prince? s'écrie le vendeur, bien malgré lui.

Samson sur-
saute. Il se lève
pour voir d'où
vient la voix. Il
aperçoit alors
l'homme à plat
ventre derrière son fauteuil.

–Vous avez vu la Croquette?
demande-t-il au serpent hu-
main.

–La quoi?

– Croquette, l'amoureuse
de...

La tête de Croque-Cailloux
apparaît alors au-dessus du
dossier de son fauteuil.

– De mon ami Croque-
Cailloux, continue Samson,
qui pointe du doigt le petit
bonhomme.

– Haaaaa! gémit le pauvre vendeur avant de… BOUM! tomber de nouveau dans les pommes.

–Tu as entendu? Il a parlé du bal, dit Samson à Croque-Cailloux. Peut-être qu'il parlait de celui du prince dans *Cendrillon*. Peut-être que le monstre à trompes a amené Croquette danser…

–Zing! Tring! s'exclame le croque-cailloux, soudain rempli d'espoir.

Samson se tourne vers sa mère.

–Réveille-toi, maman, je pense qu'on a retrouvé Croquette.

Samson attrape la télécommande. Il recule la bande jusqu'à ce qu'il aperçoive Croquette et le monstre à trompes.

—Ils sont là! Ils sont là! hurle madame Lalune, maintenant tout à fait éveillée.

—Qu'est-ce qu'on fait? demande Samson.

Madame Lalune se mord l'intérieur de la joue. Elle a le regard rivé à l'écran de télévision.

– Zof! Trub! Slang! propose Croque-Cailloux.

– Qu'est-ce qu'il dit? demande Samson.

– Il dit qu'il va y aller.

– Où?

– Mais dans le film. Pour sauver sa belle amoureuse, répond la mère du garçon.

– Tris! Flog! Slag!

– Promis! déclare madame Lalune. Si tu as des problèmes, on court à ta rescousse.

Là-dessus, le petit croque-cailloux se liquéfie. Puis la flaque verte s'évapore en direction de l'écran. Samson appuie  sur le bouton pour remettre le magnétoscope en marche.

Aussitôt, il voit le croque-cailloux arriver au bal de Cendrillon et entrer en pourparlers avec le monstre à trompes.

–Frlip! Pluf!

–Pouët! Pouët!

La discussion est vive. Le ton monte.

–DROUP! SLONF!

–POUËT! POUËT!

Cendrillon et son prince, les yeux dans les yeux, ne se rendent compte de rien. Tout à coup, Croque-Cailloux fait un clin d'œil à sa douce et... pffft! Tous deux prennent la poudre d'es-
campette.
Le monstre à

trompes les voit se sauver et se lance à leur poursuite. Une course folle s'engage.

—Tu crois qu'ils ont besoin d'aide? demande Samson.

—On ferait peut-être bien d'y aller, répond madame Lalune.

Elle jette un coup d'œil à sa tenue.

—Je ne peux quand même pas aller au bal habillée comme ça.

Elle lève la tête vers le plafond. Elle appelle, sans trop y croire:

—Fée marraine?

—Vous voulez aller au bal! s'exclame le vendeur, qui revient à lui une fois de plus.  Vous êtes folle ou quoi? Vous ne croyez tout de même pas que vous allez pouvoir entrer dans la cassette pour vrai!

—Vous verrez bien, rétorque madame Lalune, vexée.

—Dépêche-toi, maman, le monstre à trompe vient d'attraper Croquette!

—Quoi? hurle madame Lalune. Ça ne se passera pas comme ça.

Elle fonce vers le téléviseur.

Sous le choc, l'appareil passe à un cheveu de tomber par terre. Madame Lalune le rattrape de justesse.

Le vendeur émet un petit rire nerveux.

—Vous voyez bien, dit-il.

La mère se gratte la tête.

—Il doit y avoir un moyen.

—Attends, maman, je vais essayer.

Samson ferme les yeux, se concentre très fort et...

—Ce n'est pas vrai... Ce n'est pas vrai! Dites-moi que ce n'est pas vrai, répète le vendeur qui regarde le garçon disparaître en fumée.

L'instant d'après, Samson est au bal du prince.

CHAPITRE 5
BYE-BYE, LE MONSTRE!

Madame Lalune hurle devant le téléviseur:

—Derrière la colonne! Non, mon grand, l'autre colonne! Oui! Voilà!

Samson attrape le monstre par une de ses trompes et le soulève du sol.

— Pouët! Pouët! gémit le vilain kidnappeur.

Croquette en profite pour se sauver. Elle court rejoindre son amoureux.

–Pouët! Pouët! continue le monstre à trompes.

L'image se brouille tout à coup sur l'écran. Deux flaques vertes se matérialisent au pied du téléviseur. Croque-Cailloux et Croquette apparaissent, main dans la main.

BOUM! Voilà le vendeur au plancher, encore évanoui.

–Les amis, il faut retourner dans votre cassette tout de

suite! déclare madame Lalune.
Vite, avant que le monstre ne
vous retrouve. Dis, Croque-
Cailloux, est-ce que tu saurais
reconnaître ta cassette?

−Zim! Boup! dit le croque-
cailloux, pointant du doigt la
cassette de Croquette.

−Bon, d'accord! Dans celle
de Croquette. Allez, vite, on
se dépêche.

 Madame Lalune insère la cassette dans le magnétoscope. Aussitôt que la musique se fait entendre, les deux petits êtres verts se dissipent en fumée.

—Au revoir, mes chéris, dit madame Lalune.

Elle a la larme à l'œil.

—Slug! Slog! entend-on dans la télévision.

—C'est ça, sanglote madame Lalune. À bientôt!

Elle retire la cassette du magnétoscope et la serre contre sa poitrine. Juste à temps. Car voilà Samson qui réapparaît

dans le maga-
sin. Il tient tou-
jours le monstre
par une trompe.
La créature se
débat de toutes
ses forces.

—Pouët! Pouët!

—Quoi? Tu as ramené cette horreur, grimace madame Lalune.

—On ne peut quand même pas laisser un monstre à trompes dans l'histoire de Cendrillon!

—Non, mais...

—On va le remettre dans sa cassette, ne t'en fais pas, la rassure Samson.

Deux minutes plus tard, le magnétoscope est en marche.

L'instant d'après, le monstre agite ses trois trompes à l'écran. Il est tellement content que Samson l'ait laissé partir qu'il n'arrête pas de trompeter.

–Pouët! Pouët! Pouët!

–Allez, on file maintenant, ordonne madame Lalune.

— Et le vendeur? demande Samson.

–Mon Dieu! C'est vrai.

Madame Lalune se précipite vers l'homme étendu sur le sol. Elle lui donne de petites taloches sur les joues. Il ouvre enfin un œil.

– Excusez-nous, monsieur. C'était une situation exceptionnelle. Nous n'avons pas l'habitude de terroriser les gens. Pour me faire pardonner, je vous invite à la maison. Venez donc manger un petit quelque chose.

Le vendeur ouvre l'autre œil.

– Je ne crois pas que...

– Eh bien, tant pis! Ce sera pour une autre fois alors. Allez, en route. Il est déjà tard.

Avant de partir, Samson s'approche de la cassette de Croque-Cailloux.

– Salut, petit Croque-Cailloux! Salut, Croquette!

Puis, il regarde sa mère d'un air suppliant.

–Dis, maman, on ne pourrait pas apporter la cassette à la maison? Si jamais le monstre à trompes revient...

–Prenez-la, je vous l'offre! annonce le vendeur. Mais ne la ramenez plus jamais ici!

Madame Lalune se jette à son cou.

—Merci, monsieur. Vous êtes vraiment gentil. Pour vous remercier, je vous apporterai du gâteau un de ces jours.

Tout le monde est content. Samson et sa maman ont accompli leur mission. Et le vendeur aussi. Il a raccompagné la famille Lalune jusqu'à la sortie, comme il se l'était promis.

COLLECTION CARROUSEL

MINI ET PETITS

1 Le sixième arrêt
2 Le petit avion jaune
3 Coco à dos de croco
4 Mandarine
5 Dans le ventre du temps
6 Le plus proche voisin
7 D'une mère à l'autre
8 Tantan l'Ouragan
9 Loulou, fais ta grande!
10 On a perdu la tête
11 Un micro S.V.P.!
12 Gertrude est super!
13 Billi Mouton
14 Le magasin à surprises
15 Un petit goût de miel
16 Mon ami Godefroy
17 Croque-cailloux
18 Tu en fais une tête!
19 Bzz Bzz Miaouuu
20 La muse de monsieur Buse
21 Le beurre de Doudou
22 Choupette et son petit papa
23 À pas de souris
24 Mastok et Moustik
25 Le cinéma de Somerset
26 Le génie du lavabo
27 Monsieur Soleil
28 Le cadeau ensorcelé

29 Choupette et maman Lili
30 Le secret de Sylvio
31 Princesse Pistache
32 Célestine Motamo
33 Léonie déménage
34 Julie dans les pensées
35 Choupette et tante Loulou
36 La queue de l'espionne
37 Le chien secret de Poucet
38 Le délire de Somerset
39 Des amis pour Léonie
40 Croquette a disparu
41 Le tournoi des petits rois

**COLLECTION
CARROUSEL**

Achevé d'imprimer
en septembre 1999
sur les Presses de
Payette & Simms
Inc. à Saint-Lambert
(Québec)